LA POITRINAIRE.

NIMES. — IMPRIMERIE P JOUVE.

LA

POITRINAIRE

—

POÈME

PAR

Vincent-de-Paul GABORIAU.

Prix : 75 c.

PARIS

CHEZ J.-B. BAILLIÈRE, LIBRAIRE,

Rue Hautefeuille, 19.

—

1876.

Plusieurs des ouvrages de la Bible sont écrits en langage rhythmique ; l'antiquité employa la cadence métrique, en bien des pays, pour traiter des sujets abstraits. Pourquoi ne ferions nous pas comme les Hébreux, les Gaulois, les Grecs, les Romains, des poèmes où nous peindrions des objets foncièremedt scientifiques ? Les préceptes didactiques nous autorisent déjà eux-mêmes, et nous savons tous quel avantageux parti il a été tiré de ce genre littéraire, depuis Hésiode jusqu'à Delille.

M. le docteur Gaboriau sera donc bien venu, ayant à la main les pages de sa *Poitrinaire*. L'homme de l'art a voulu confier à une composition poétique, un des souvenirs de sa carrière, une des fortes impressions de son existence. S'il l'eut fait en prose, il eut été moins autorisé à présenter des considérations philosophiques et à entourer certaines situations de la jeune mourante, des prestiges de l'imagination et des atours du style.

Comme le sujet était à la fois sentimental et scientifique, et qu'il importait d'en couvrir de fleurs les difficultés, la prose était moins propre que les vers, pour l'exécution. Ici, l'émotion avait une place marquée, et personne n'ignore que l'idiome divin présente à l'élégie des ressources autrement étendues que le discours non cadencé. Écrit en prose, ce travail, dans lequel l'auteur devait mettre les tendresses de son âme, la sensibilité de son cœur, n'obtenait pas les qualités qui le recommandent étant un poème. L'oubli aurait pu menacer l'opuscule en langage ordinaire. Les vers acquièrent plus de respect, et nous espérons avec l'auteur que son œuvre vivra.

La poésie qui invoque la foi chrétienne, qui lui emprunte ses enseignements, qui attache à cette fille du ciel ses plus chères pensées, ne saurait manquer d'harmonie et laisse toujours partout où elle passe, de douces et consolantes impressions. Il y a tels passages de la *Poitrinaire*, qui touchent et qui font oublier le savant pour applaudir le chantre : ces mots sont tout un éloge.

Peut-être que les vers de ces pages, pleines cependant d'onction et de verve, ne sont pas absolument tous frappés avec le même bonheur ; où donc est l'œuvre irréprochable ; mais il en est un grand nombre d'une beauté accomplie et que ne désavoueraient pas un maître de la lyre.

Homme d'expérience et d'application, je dis, sans détour, ce que la *Poitrinaire* du docteur Gaboriau m'a fait éprouver à une première lecture. Je me tromperais, si les connaisseurs ne se prononçaient pas de la même manière que je le fais.

DE V.

PROLOGUE

M'éclairant des conseils de nos Maîtres illustres,
J'exerce l'art divin depuis déjà six lustres.
J'ai vu naître et passer deux générations
Et prodigué des soins à leurs afflictions.
Deux fois déjà, pendant ma pénible carrière,
J'ai tenté de répandre un rayon de lumière
Sur des points peu connus du monde médical (1).
Plus hardi, de la Muse empruntant le fanal,
Je voudrais aujourd'hui moduler un poème
Où le savoir parlât l'idiome suprême :
Je vous entretiendrai de ce mal consumant,
Dont le travail caché nous mine sourdement (2).

LA MALADIE, FILLE DU PÉCHÉ.

Lorsque Dieu le créa dans l'Eden enchanté,
L'homme avait pour toujours le don de la santé.

(1) Épitre à l'Homœopathie. — Nantes. 1853. — Propagande de l'art de guérir, etc. — Nantes, 1863.

(2) La phthisie.

Il était roi. Pour lui la femme était un ange.
Ils jouirent d'abord d'un bonheur sans mélange.
Mais, lorsque par Satan le couple provoqué,
Eut contre les décrets d'En-Haut prévariqué,
Du sublime univers se rompit l'harmonie.
Sur la terre parut soudain la maladie,
Et les chagrins, les maux, s'attachant à ses pas,
Adam déshérité fut soumis au trépas.
Il lui fallut traîner une lourde existence
Et sa chute atteignit aussi sa descendance.
Quel poète inspiré redira ces malheurs,
Et qui pourra verser sur eux assez de pleurs !

Cependant il n'était, en ces temps mémorables,
Dans l'organisme humain point de maux incurables.
Dieu laissait aux mortels force et longévité ;
Les corps avaient toujours une grande beauté.
La nature était jeune et les mœurs étaient simples.
Seth transmit à ses fils la science des simples.
Le remède existant aux lieux mêmes des maux,
L'homme avait la vigueur comme les animaux,
Et Seth, frère d'Abel, autre fils de justice,
Des oracles de Cos commença l'édifice.

Mais la terre a vieilli, l'homme s'est corrompu.
Au banquet de l'orgueil son esprit s'est repu.
Méprisant ses devoirs envers l'auguste Maître,
Il a jeté l'outrage au Dieu qui le fit naître.
Devant le Créateur oubliant qu'il n'est rien,
Il déclare la guerre à l'auteur de tout bien,

Et le déluge vient ravager la nature.
Depuis ce châtiment l'existence est plus dure ;
Des miasmes actifs circulent dans les airs ;
A l'horizon noirci scintillent les éclairs ;
La terre est ébranlée au fracas des tempêtes,
Et le feu de la nue éclate sur nos têtes.
Les vents dans leur courroux épouvantent les monts ;
La mer élève aux cieux ses élans furibonds,
Et du navigateur troublant la hardiesse,
Elle engloutit souvent le navire en détresse.
Le désordre est immense et vingt fléaux divers
Couvrent de désespoir notre pauvre univers.

Le juste cependant fut sauvé du déluge.
Dieu le prédestina, l'Arche fut son refuge.
Le temps marche, partout le sage et le pécheur
Connaîtront dans ses coups la droite du Seigneur.
Job, l'homme de douleur, écrasé par l'épreuve,
Aux pieds de Jéhovah répand son âme veuve.
Pour délivrer Sion est désigné Cyrus.
Superbe réprouvé, périt Antiochus.
Dieu châtie Israël, quand Israël l'oublie.
Dans un char lumineux au ciel s'élève Elie.

La lèpre est un fléau qui désole Israël.
Un messager d'En-Haut, l'Archange Raphaël,
Vient d'une année à l'autre agiter la piscine,
Du lépreux séquestré la seule médecine.
Celui qui, le premier, s'immergera dans l'eau,
A la santé du corps reviendra de nouveau,

Et dépouillant l'ennui de sa longue souffrance,
Rafraîchira son âme en la douce espérance.

Le jour se lève enfin, où Jacob étonné
Voit le Christ, par le Ciel à la terre donné.
Le Messie, agissant par sa vertu féconde,
Descend et vient mourir pour le rachat du monde.
Du corps et de l'esprit suprême guérisseur,
Toute vie est en lui, car il est le Seigneur.
Il est le Tout-Puissant, le seul Grand, le seul Sage.
Il sème les bienfaits partout sur son passage.
Il parle, et la tempête apaise ses transports.
De la nuit de la tombe il appelle les morts.

Lorsque la mission du Christ fut accomplie ;
Que pour nous sur la croix il eut donné sa vie ;
Qu'il eut à tout fidèle enseigné son devoir ;
A Pierre, son vicaire, il laissa son pouvoir.
Mais il nous dit aussi : « Hommes de la science,
» Par l'Evangile il faut guider la conscience ;
» Le prêtre, mon élu, doit monter à l'autel ;
» Soyez prêtres de même au chevet du mortel. »

A guérir les humains le Seigneur nous convie.
Soulageons leurs douleurs et veillons sur leur vie.
Que par nous de bienfaits les peuples soient comblés.
Ah ! que de bien à faire en nos jours si troublés !
Les vieilles nations ont à la médecine
Attribué partout une source divine.
Les noms les plus heureux que la postérité

Décore du rameau de l'immortalité,
Ont puisé dans la foi leur puissante lumière.

Mais d'où vient qu'après eux venu dans la carrière,
Moi si plein de respect pour nos grands devanciers,
J'ose aussi parcourir de dangereux sentiers ?
Qui me procurera leur prunelle hardie
Pour pénétrer ta nuit, ô cruelle phthisie,
Toi qu'en les anciens jours on ne connaissait pas,
Et qui dans tes rigueurs t'acharnes sur nos pas.

LE MAL MYSTÉRIEUX.

Le malade dont j'ai sous mes regards l'image
N'a pas le front voilé par un sombre nuage ;
D'un foudroyant accès il n'est pas menacé ;
Sous un poids accablant il n'est pas oppressé ;
Son visage n'a pas le froid de l'hypocondre.
A quel nom spécial doit-il donc nous répondre ?
Ce n'est pas un malade au corps disgracieux,
A la peau sans éclat, dont l'aspect est hideux.
La lèpre disparaît, on n'en parle plus guère.
D'autres affections aux hommes font la guerre.
L'épiderme est plus doux, le sang paraît plus pur.
Le germe est-il détruit ? Nul savant n'en est sûr.

Longtemps la maladie, à peine à la surface,
Pénétrant dans le corps, s'y colloque, y prend place.

Dans le crâne, aux poumons (1), aux intestins, au cœur,
Chemine lentement le ravage vainqueur ;
Dans le sang qui circule, actif, insaisissable,
Il distille un virus dont l'influence accable.
Pour repousser dehors le morbide, le vain, (2)
Quand la force vitale a lutté seule en vain ;
Quand elle a décliné de son omnipotence,
L'homme de l'art est là qui lui prête assistance.

L'art qui veille, employant un bienfaisant produit,
Va résistant au mal et souvent le réduit.
Tant qu'un être respire et que vit l'organisme,
La science, écartant le doute et l'empirisme,
Peut encore sauver, par un suprême effort,
Le vivant qui semblait aux portes de la mort.
Tel est le naufragé, des ouragans victime,
Quand le bras d'un héros le dérobe à l'abîme.

Le mal que je voudrais dépeindre à votre esprit,
Dans sa vérité vraie a-t-il été décrit ?
Avec l'emploi des mots usités sur la terre,
Comment l'homme peut-il retracer le mystère,
Le mystère exigeant le langage du Ciel ?
La fiction souvent exprime le réel,
Et l'authenticité se voit dans la figure :
Du phthisique mon œil avise la peinture

(1) On peut appeler la phthisie la lèpre du poumon.

(2) On a constaté des guérisons à la suite d'abcès survenus spontanément
à la peau chez certains phthisiques.

Dans l'animal affreux, le monstre redouté,
La pieuvre qu'a décrite un poète vanté.

Ce terrible ennemi, blotti dans l'onde amère,
Dépeint avec vigueur par le moderne Homère,
Des ondes occupant l'obscure profondeur,
D'une effrayante mort fait périr le pêcheur,
Quand celui-ci, plongeant, veut saisir à la nage
Le mollusque adhérant aux rochers du rivage.
Sous le roc caverneux agitant ses deux bras,
Il rencontre soudain le polypode..... hélas !
La pieuvre qui semblait dormir, voyant sa proie,
Pour la saisir soudain hardiment se déploie ;
Le nageur se débat, mais inutile effort,
Par de nombreux suçoirs il est frappé de mort.

La phthisie est encor le ténébreux vampire,
Des trépassés, la nuit, quittant le sombre empire,
Et venant aspirer le sang pur des vivants,
Qui pour mourir bientôt se traînaient languissants.
Le vampire repu, pour regagner sa bière,
Avant le jour naissant rentrait au cimetière.
Le sang qu'il aspirait pendant un lourd sommeil,
Lui laissait dans la tombe un teint frais et vermeil :
Alors que peu à peu s'éteignait la victime,
Nul témoin ne pouvait le convaincre de crime.

Le vampire, dit-on, attaqua fréquemment
Les époux dans l'hymen engagés récemment,

Le tendre adolescent, la douce jeune fille,
Un voisin, un ami, quelqu'un de sa famille.
Chaque fois que venait l'automnale saison,
Ceux dont le revenant visitait la maison,
Arrivaient à la fin de leur triste carrière.
Sur ces faits cependant on voulut la lumière
Et de malheurs pareils arrêter le progrès ;
Mais magistrats, savants, réunis en congrès,
Bien que reconnaissant leur juste compétence,
N'osèrent sur ce point porter une sentence.
Cependant il fallait au crime un châtiment.
Du vulgaire en courroux ce fut le sentiment,
Et dans son ignorance il se montra logique :
Pour opposer un frein à la terreur publique,
On décréta qu'en terre, et n'importe en quel lieu,
Tout vampire serait cloué par un grand pieu.
Exceptant le poison, le fer, l'eau, l'incendie,
Tout mortel s'éteignit, dès lors, de maladie.

Mais je m'écarterais de mon docte sujet,
Si de vains ornements je chargeais mon projet.
Ignorant la phthisie en jeu dans l'organisme,
Les débiles humains crurent au vampirisme.
Ecartons loin de nous ces sombres fictions,
Laissons aux Allemands leurs superstitions.
Je voudrais dignement raconter dans ces pages,
Je voudrais exprimer en de nobles images,
Une histoire souvent présente à mon esprit,
Et dont j'ai mûrement médité le récit.

LA POITRINAÏRE.

Une enfant de quinze ans, douce, fraîche, rieuse,
Grandissait sous les yeux de sa mère joyeuse.
Son visage charmant respirait la candeur.
La vive adolescente était comme la fleur
Que nos doigts vont cueillir aux premiers feux de l'aube.
Son œil comme un saphir rayonnait dans son globe.
De deux colliers d'émail ses dents avaient l'éclat.
Sur sa joue arrondie éclatait l'incarnat.
Sur son front s'étageait une blonde couronne ;
La grâce avait formé cette jeune personne.
Noble dans son maintien, cette tendre beauté
Unissait à ces dons la vertu, la piété,
Et les perfections qui décoraient son âme
Brillaient comme un cristal que pénètre la flamme.
Ornement d'ici-bas, c'était, pour dire mieux,
Un ange qu'à la terre avaient prêté les cieux.

Qui donc aurait pensé que de tant de jeunesse
Le mal devînt jaloux, et d'une main traîtresse,
Qu'il dût, développant un germe destructeur,
Frapper mortellement l'adolescente au cœur ;
Qu'il la choisît sitôt pour être sa victime,
L'épuisant lentement dans un ravage intime ?
Tel dans le frais vallon, sur un riant coteau,
Un insecte caché détruit un arbrisseau
Qui, sourdement mordu par l'agile tarière,
Jaunit et voit tomber ses feuilles sur la terre.

Atteinte par ce mal qui va nous consumant,
Dès que sa marche en nous a pris commencement,
J'ai vu, j'ai vu la fleur, j'ai vu la jeune rose,
Se faner, dépérir, enfant à peine éclose.
De sa chère famille et l'amour, et l'orgueil,
Elle inclina soudain son front vers le cercueil.
Tout en elle semblait sourire à l'espérance ;
De la félicité tout avait l'apparence :
Un hymen projeté par ses heureux parents,
Paraissait un appui promis à leurs vieux ans.
Au quinzième printemps, à cet âge candide,
Nous avons, pensons-nous, une santé splendide,
Alors que bien des fois un organe entaché,
En nous, à notre insu, porte un ferment caché,
Qu'aperçoit seulement l'homme de la science
Et qui doit exercer sa mûre expérience.
Tel au commencement, ce fruit délicieux,
Qui trompa, dans l'Eden, nos deux premiers aïeux ;
Qu'ils prirent au mépris d'une sainte défense,
En perdant avec eux toute leur descendance :
Dès qu'ils eurent porté la main sur sa rougeur,
A son centre altéré parut le ver rongeur.

Au teint vermeil ainsi de notre adolescente
Succèdera bientôt la pâleur jaunissante.
L'accablante langueur préludant au danger,
Dans l'organisme entier le tableau va changer,
Et l'enfant, un matin, s'éteindra sur la terre.
Elle porte en son sein un poison délétère ;

Une fièvre minante et la toux ont trahi
L'état tuberculeux d'un poumon envahi ;
Au milieu du larynx une indicible gêne
Emanant de l'organe où le sang s'oxygène,
Se fait sentir souvent ; puis c'est un bruit chantant,
Sifflant, tantôt muqueux, et tantôt crépitant.
De ses yeux abattus s'obscurcit la lumière,
Et le sommeil a fui de sa faible paupière.
L'estomac résistait, mais petit à petit,
Devant les meilleurs mets disparaît l'appétit.
Plus son corps s'affaiblit, plus s'accroît la souffrance,
Plus son âme s'attache à la douce éspérance.
L'esprit n'a rien perdu de son intégrité ;
Témoignage vivant de l'immortalité,
Son âme est demeurée active, inaltérable ;
Mais le souffle irritant du mal inexorable
A desséché la tige, et la charmante fleur
A perdu son parfum et sa vive couleur.
Des auteurs de ses jours s'accroît l'inquiétude,
Ils contemplent l'objet de leur sollicitude,
Dont l'état déjouant d'ingénieux secours ,
S'aggrave constamment, périclite toujours.

Dans la consomption qui ronge le malade,
Où notre pauvre corps s'affaisse, se dégrade,
Heureux si l'on n'a pas trop souvent abusé
D'expédiénts ruineux pour un organe usé :
La palpitante chair que l'on dit salutaire (1)

(1) Contrairement à ce qui se fait dans la pratique habituelle; des médecins dignes de considération, sont parvenus, en ces derniers temps, à guérir des phthisies à l'aide du régime maigre......

Engendre la trichine et le ver solitaire ;
D'un vin trop généreux la brûlante liqueur
Attise l'incendie au parenchyme, au cœur ;
L'abus du purgatif et du vésicatoire,
De l'indigeste bol, comme de l'exutoire,
Tant de pénibles soins que nous n'approuvons pas,
En détruisant la force avancent le trépas.
Du faible patient l'aveugle confiance
Le porte à recourir à la fausse science :
Du quadruple remède il demande à tout prix ;
Il ne croit pas guérir s'il n'en a beaucoup pris.
Fatalement lancé sur la pente funeste,
C'est ainsi qu'il détruit la force qui lui reste.
Pressés par la souffrance et certaine terreur,
La plupart des mortels partagent cette erreur.
Un remède guérit dont sagement on use,
Mais tue évidemment si trop on en abuse.
Il faut en faire un choix par le mal indiqué,
Si l'on veut qu'en l'espèce il soit bien appliqué.
L'infiniment petit d'une seule substance
A plus que tout mélange une haute importance.
Du malade étant fait le fidèle tableau,
Le médicament pur, très-divisé dans l'eau,
Donné suivant la loi de la similitude,
Ou guérit, ou soulage en toute certitude.
Procédé souverain, dans ta simplicité,
L'art altier t'ignorant ne t'a point imité :
Quand le phthisique meurt sous la vieille doctrine,
Un ulcère hideux lui couvre la poitrine ;
Le quinquina fébrile et le fer irritant,
Les oléagineux à l'aspect rebutant,
Sont donnés par excès, tant que le mal empire,

Tant et si bien que rien ne manque à ce martyre:
Continuels échecs, perte, insuccès constants ;
Si le mieux se produit, il dure peu d'instants.
S'il est des guérisons, elles sont toujours rares.
Je l'espère, on verra ces traitements barbares,
Inconnus d'Hippocrate et de l'antiquité,
Disparaître flétris par la postérité...

LUEUR D'ESPOIR.

Détournons nos regards de cette triste scène.
Aux feux d'un doux soleil allons reprendre haleine.
Au sein de la nature accourons, un moment,
Dans un site embaumé respirer librement.
Là, Zéphyr, en jouant agite le feuillage ;
L'oiseau charme les airs de son joli ramage ;
Le papillon léger aux multiples couleurs,
Au millieu des parfums voltige sur les fleurs
Que lui dispute en vain l'abeille bourdonnante,
Qui, mieux servie, aura le meilleur de la plante.
Sur un sable brillant circule un clair ruisseau.
La nature enchantée au temps du renouveau,
Dans les champs verdoyants étale ses richesses.
Quand le printemps sourit l'automne a des largesses :
Mille fruits savoureux sont promis par la fleur.
Les prés sont émaillés. Le sage laboureur

Prépare ses greniers, aiguise sa faucille ;
Le ciel va lui donner du pain pour sa famille.
Plus tard on entendra, du vigneron l'espoir,
Les raisins entassés gémir sous le pressoir.

Poëtes inspirés, chantez les lieux champêtres,
Les séjours verdoyants aimés de nos ancêtres,
Asiles du bonheur, dans la frugalité.
Les volatiles là vivent en liberté.
Là, dans leur élément, les animaux utiles
Naîssent et sont nourris en des terrains fertiles.
Là le poulain gambade et le taureau bondit,
Et sous l'œil maternel la génisse grandit.
Ici la chèvre broute, et le doux mouton bêle...
Loin du bruit des cités que la campagne est belle !
Belle dans ses détails, et dans ses horizons !
Des châteaux isolés, de rustiques maisons,
Des bois silencieux, des vallons et des plaines,
De hauts monts, un lac bleu, de pittoresques scènes
Qu'anime du soleil la féconde clarté,
Nous offrent des tableaux remplis de majesté.
Là rien n'est sans éclat, là rien n'est monotone ;
Chaque objet tour à tour nous charme, nous étonne.
Là croissent le sapin, le mélèze, le houx.
Dans les prés, les jardins, aimables rendez-vous,
Le myrte, le laurier, le jasmin, l'aubépine,
L'oranger, le genêt, le lilas, l'églantine,
Les genres variés des arbrisseaux en fleurs,
Aux délices des yeux ajoutent leurs senteurs.
L'arbre y domine en roi ; les plantes sont des reines
Dont le suc précieux aux vertus souveraines

De nos corps en danger guérira les douleurs :
Quand l'une me nourrit, l'autre tarit mes pleurs.
Du Dieu qui verse en nous ses biens en abondance,
Mon cœur, à cet aspect, bénit la providence.

Anna qui déclinait, notre charmante enfant,
La jeune poitrinaire au regard languissant,
Elle aussi, respirant la brise printanière,
Recherchait dans les champs les parfums, la lumière.
On eût dit qu'en ces jours où tout au loin renaît,
A la vie elle aussi hardiment revenait ;
Mais trompeuse lueur, espérance fragile,
Elle reprit bientôt sa faiblesse fébrile ;
La lampe, qui semblait devoir se ranimer,
S'éteignait lentement pour ne plus s'allumer.

. N'avez-vous jamais vu quelque vivace plante
Briller épanouie au bord d'une eau courante,
Sur la pelouse où mène un agreste chemin,
Sur les riches tapis d'un fertile jardin ?
La brise la berçait, son fruit venait d'éclore,
Elle se constellait des perles de l'aurore.
Après les feux du jour, à la fraîcheur du soir,
Elle se ravivait sous le frais arrosoir.
Mais voilà qu'un matin, cette plante chérie
Se penche sur sa tige, elle est toute flétrie :
La vie a disparu chez elle en un clin d'œil ;
Hier c'était la promesse, aujourd'hui c'est le deuil.

Afin de pénétrer ce funèbre mystère,
D'une curieuse main j'interroge la terre.

Qui donc nous a ravi l'arbuste avec son fruit ?
A la racine même une larve sans bruit,
En corrodant la plante en a ravi la sève ;
Ainsi dépérissait notre chaste enfant d'Ève.

LA CATASTROPHE.

Calme dans sa douleur, la tendre affection
Est habile à nourrir la vaine illusion :
Anna respire à peine, et l'on espère encore.
En voyant les progrès du mal qui la dévore,
« Dieu garde son secret, avait dit le pasteur :
« Nos jours sont dans ses mains, car il en est l'auteur. »
Mais au docteur l'on veut demander ce qu'il pense.
Lui, suivant le conseil de l'humaine prudence :
« Au désir des parents je dois obtempérer ;
« Il faut s'attendre à tout, mais non désespérer. »
Il évite trop tôt de répandre l'alarme.
De son œil cependant il s'échappe une larme,
Et la mère a compris le terrible secret :
Sa fille va mourir, du ciel c'est le décret.
Pour ne pas attrister la chère enfant qu'elle aime,
Refoulant dans son sein, par un effort suprême,
Sa poignante douleur, de ce front innocent
Elle s'approchera, l'embrassant tendrement...
« Merci, souffle l'enfant, merci, mère chérie ;
« Je te rendrai tes soins quand je serai guérie. »
Et de ses jeunes ans quelque doux souvenir
Fait germer dans son cœur des projets d'avenir ;
Mais déjà du cyprès elle est environnée,

Et la mort va finir sa triste déstinée.
La sueur du matin, et les frissons du soir ;
La fonte des poumons ont détruit tout espoir.
Compagnes et parents vers l'enfant adorée,
Accourent à l'envi ; la famille éplorée
Entoure son chevet des soins les plus touchants.
Elle rève les fleurs, les fruits et l'air des champs,
Et quand l'automne arrive, et quand la feuille tombe,
Elle aspire au printemps sur le bord de la tombe.
Sur l'autel de la Vierge un cierge est allumé,
Mais elle expire avant qu'il ne soit consumé.....
Jeunes filles, du myrte allez couper les branches,
Au feuillage assombri mélez des roses blanches,
Anna semble dormir. Écartez de ce lieu
Sa mère..... la jeune âme est remontée à Dieu.
Le visage de neige et calme de la sainte
De la paix des élus porte la douce empreinte.

ÉPILOGUE.

Lorsque l'homme sortit des mains de l'Eternel,
Il était innocent, il était immortel.
Il était étranger à toute maladie ;
De satisfactions tout entourait sa vie ;
Mais ayant vers le mal tourné sa liberté,
La douleur vint troubler cette félicité,
Et le trépas devint son rigoureux partage.
Bien que bornés depuis, ses jours, s'il était sage,
Iraient se prolongeant encore longuement,

L'art pouvant sur ce point le guider sûrement.
Pour l'éternel séjour la créature est née :
Si l'homme comprenait sa noble destinée ;
S'il consacrait à Dieu ses travaux, ses instants,
Il vivrait plus heureux, il vivrait plus longtemps.

Toi qui de l'existence as fixé les limites,
Qui pèses des mortels les forfaits, les mérites ;
Qui verses sur nos maux des consolations ;
Qui répands sur nos jours tes bénédictions ;
Auteur de tous les biens, que j'adore et que j'aime,
Puissé-je ne jamais subir ton anathême,
Et quand pour moi viendra le suprême moment,
Puissé-je m'endormir en toi paisiblement !